ホームより眺める

武甲は傷つきて

蘚涼支えし

その山無惨

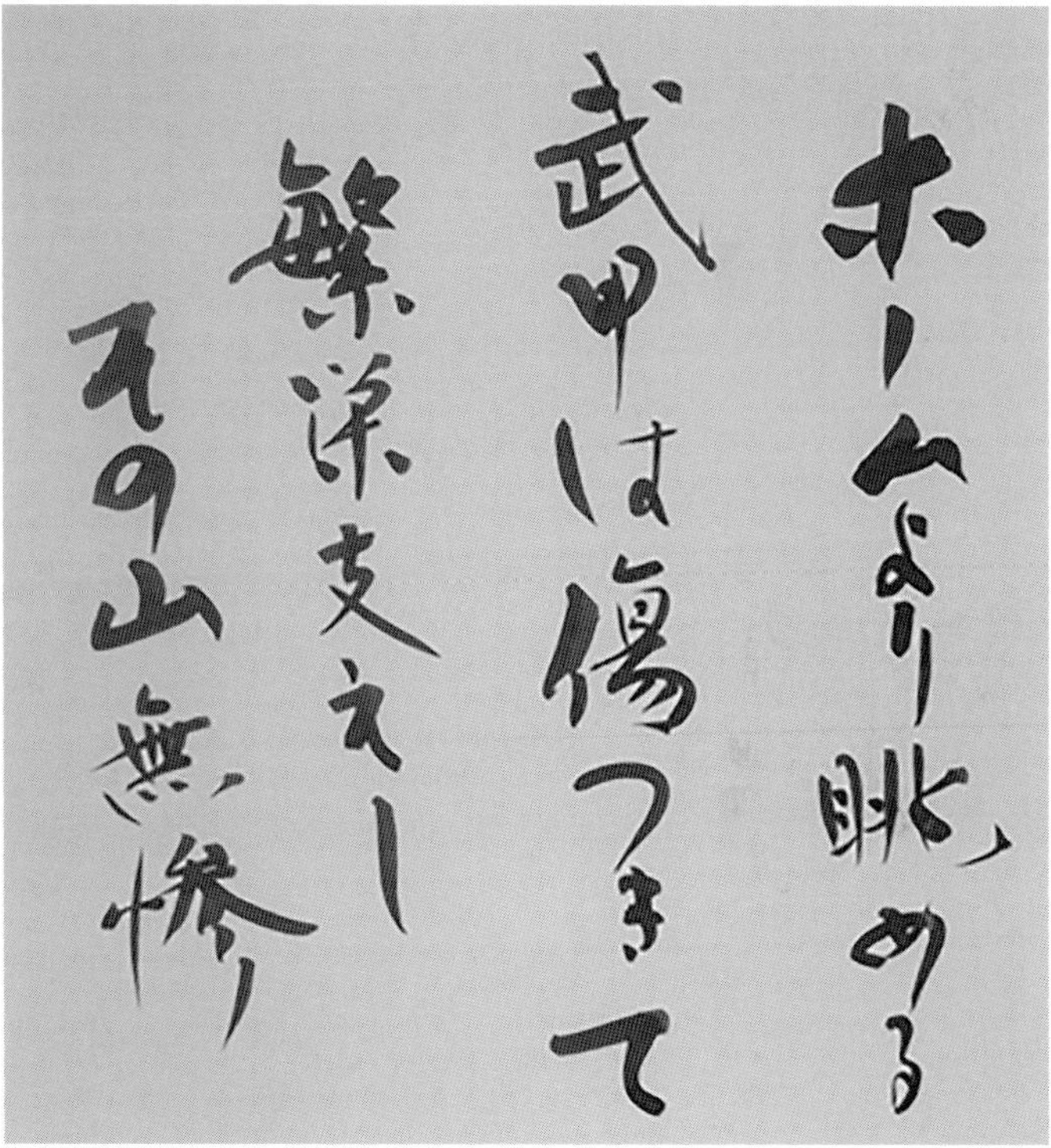

斎藤　真琴（長男）　書

宿題

斎藤　健　歌集

歌集を出そうと決意してから半年が過ぎてしまいました。

体調も万全とは言えず気ばかり焦っていましたがようやく発行に至りました。

本格的に歌作りを始めてから日も浅く、年だけは取っていますが、多くは満足いかない作品です。きらりとした作品もいくつかあります。

家族のこと、亡き妻のこと、自然の風景、畑づくり、批判・抵抗の精神で世の中を眺め、十年足らずで二千首の歌を詠んできました。


亡き妻の残ししレシピ手に取りて南瓜煮る音コトコトと聞く

未熟な作品ばかりですが私なりのリアリズムです。厳しいご批判をお寄せいただければ 幸甚です。

目次

雪の朝

正月に降り積もりたる雪の朝二・二六よ蘇る勿れ

「朕思わず屁をたれた爾《なんじ》臣民臭かろう」子供心に厭戦のうた

焼野原叔母を探しに言問いの橋を渡りて見し炭屍体

ＤＤＴその名もいつか忘れ去る虱駆除にとあびせられしを

地下道に物乞いの兵いざりいて見れば片足敗戦の残

興福寺阿修羅の像に見る苦悩わが青春がそこにいるよな

夏の宿題

朝六時「米英軍と戦闘に」臨時ニュースは今なお耳に

天皇の名を諳んじたる十二歳神武綏靖安寧懿徳

ゲートルをまく手つたなき少年に怒号浴びせし配属将校

折りかえてたけのこのようきつく巻け今でもできる痛き思いで

「竹やりでB29落とせ」そんなこと無理とは言えぬ十二歳の夏

将校の馬の餌にする草を刈れ非道の夏の宿題なりき

焼け残りし家財を引きて中山道中二の春の遠き旅路を

特攻の友を送りし大空に機影消えゆく痛く思い出づ

兵の命

君のため国のためにと散り果てた兵の命は一銭五厘

南海の孤島に散りしつはものは名誉の戦死飢えて命果てにき

神たらんと南の空に消えゆきし十九の春はサメの餌食に

聞こえてくるあの足音はカツカツと神宮外苑学徒出陣

我が家焼失

我が家の焼ける姿を後にして命だけとは父の絶叫

墨東《ぼくとう》の焼野が原のその隅に炭と化したる少年あわれ

木と紙の家屋であれば焼き尽くせルメイの命《めい》は戦なればこそ

グラマンもＰ５１戦闘機機銃掃射は獣狩りの如

空襲に怯え桑畑に逃げ込みて桑の実食べた十五は遠く

玉音放送

富士山がどこからも見えた東京の焼野が原の八月の朝

星川に炭かとまごう死体見る玉音放送その日の午後に

八月は広島長崎熊谷と廃墟となりて戦さ終わりぬ

ザリガニはたった一つの蛋白源戦後の飢えに命繋《つな》ぎて

空腹を抱えて単語を諳《そら》んじる戦さ終わりて学ぶ喜び

ひげ生やし鞭もち威張りし教官は戦さ終わりて民主主義説く

維新史を紐といて見ればテロリズム暗殺者どもも靖国の神

目を覚まし猛暑の朝のカレンダーそうだ今日は八月六日

レッドパージ

多喜二という作家を知りて若者は暗き世紀がありと知りたり

広島に思いを寄せて鐘を聞く核兵器無くせと誓い新たに

勅語にも真理はあると大臣言う一旦緩急義勇公は言わず

沖縄戦自国の民に銃向けし痛き歴史をくり返してならじ

東電の職場追われし十八歳権田圭助氏老いて今語る

街角の焼き芋屋さんだったあの人はレッドパージに職奪われて

泥まみれ暗き歴史の生き証人レッドパージを熱く語れよ

八割は戦争知らない世代となり語りつぐこと生き残りし身の務め

戦争を過ぎたることと言う勿れ語りつぐべき昭和一桁

天皇を特別な人と思わざれどされど裕仁許す能わず

年賀状

たった一度生徒殴りし事ありき五十年経ちてその手眺める

不登校家庭訪問その門で先生嫌い友達いない

引き出しの奥に潜める鉄筆よガリ版通信出した思い出

通知表１・２をつけた教え子より「お元気ですか」と年賀状来る

ガキだったあの頃の顔そのままの同窓会に招かれ嬉し

こんなこと何故わからぬかと責めた子が大工になりて家を建てたり

教壇に立ちて勤評たたかいし教え子たちも還暦《かんれき》となる

負け惜しみ

父の歳母の歳をも超えた今なすべきことを手さぐりにする

老いなどを嘆く暇なく八十路越え地域の役を三つ受けたり

定年は吾にはないと負け惜しみ年金者組合に転職せしと

凡夫たる我を悲しむ時あれど無知にはあらぬ心安らぐ

まだ読める１２ポイントの活字追いわが目確かと世の中を見る

主夫になる

馬鈴薯の収穫終えて肉を買い独歩を偲ぶ一人夕餉に

馬鈴薯の皮むくことが上手くなり肉じゃが今日も夕餉の卓に

スーパーの野菜の値段気にかかるようやく吾も主夫になりたり

山茶花の咲き乱れたるその奥に一人住まいのわが住処《すみか》あり

びょうびょうと風が体を吹き抜けて枯れ木の枝にしがみついている

指先に触れる粘土の柔らかさ炎よ土器の命生み出せ

みそ汁の煮え立つ間際に気が付いて味噌はどこかと男やもめは

上り坂道

終活を用意するべき歳になりこの古本を誰が継ぐべき

来し方の嬉しきことは二つ三つ悲しきことは雲行く如く

越し方を振りかえり見れば若き日もこの先もまだ上り坂道

はるかなる宇宙の成り立ち思うときわが生涯は星の瞬き

体重と嘆きの重さ支え来た足に感謝す膝痛む時

あと一年九十になる誕生日歩き疲れても懐かしき日々

失敗と悔いの重なるこの日まで楽しきこともあったではないか

一日に「よいしょ」のかけ声何回もまだ動けるぞ老いの励まし

免許返納

九十を前に手放すこの車日々の通勤孫の送迎

出かけようハンドル握り買い物にそうだ運転止めて三日目

免許証返納したと告げし時送りましょうと三人の友

二十人会話をするを目標に出かける日々はもう返らない

絶望に慣れることは絶望のそのものよりもさらに絶望

明日は晴れ

脳みそはまだ衰えないと負け惜しみ人の名出ずに一時間過ぐ

夏が過ぎ元気回復の候なれど蛙ほどにも跳ねる能わず

ドックに入る長き航海吾が船は眼底検査心電図など

茜雲金星低く明日は晴れ元気でいよう良いこともある

大晦日四角の餅を切り分けて来る年幸の多かれと待つ

溢れ出る偽情報に溺れそうほんとのことを見る眼持てよと

まだ死ねぬ百歳までも永らえて嘘の政治の終わり見るまで

「元気ですか」声かけられて「何とかと」まだ死ねないぞ安倍いる限り

家族とは

家族とは二人以上を言うのかも子らは去り行き妻は今亡く

古き写真何百枚も見返して若き妻あり孫の笑顔も

一升の飯をたちまち平らげし息子ら三人みな親となる

牛の肉は食べられるかと問いし子よ貧しき頃の夕餉の膳は

息子からワクチン済んだかと電話あり二年も逢わずに声だけ親子

三人の息子

株価には縁はなけれど息子らの会社の名前新聞に探す

息子三人母を慕いて語り居りわがいることを意にも介せず

土曜の夜長男家族と囲む鍋妻の鍋とは違う味する

次男よりせわしき声の電話あり北海道転勤また遠くなる

「三十年働き続けた会社辞めた」過労死前にと電話の次男

三男の単身赴任早七年なぜに企業は家族引き裂く

「頭までカレーを食べた」末っ子も単身赴任五十三歳

息子から風邪をひかぬかと電話あり季節は人を暖かくする

息子らよ年寄り扱いする勿れ月に五冊も本を読んでる

漆喰と無垢の柱の家に住む母の匂いと息子らは訪う

じいと一緒にうなぎ食べたい

地の果てのモロッコより孫帰る青い翼が羽ばたいている

モロッコの孫娘より便りありじいと一緒にうなぎ食べたい

振袖のこれがわが孫目を見張る苦楽の道が今日始まるか

さつま揚げ土産に持ちて孫三人来たり去り行く台風のごと

孫二人会話のはずむ夕餉時われの知らない言葉が駆ける

免許証返納すればと言う孫を迎えに走る六時半過ぎ

祖母病みてわが子預ける所なし同じ思いで保育所作りに

南瓜煮る音

キッチンに立ちて戸惑うみそ汁の具を何にする妻は今なく

霜の朝背伸びするよな大根の白き素肌に妻をしのびつ

亡き妻の残ししレシピ手に取りて南瓜煮る音コトコトと聞く

妻の植えし百日紅の赤々と燃えて七月足早に過ぐ

夢にでも出てきてほしい逝きし妻日々に薄れて早三年忌

朝七時目覚めて今日は何をする妻なき後の家事の多さよ

腰痛み草取り思うに任せずに畑に座りバッタと会話

妻また遠くなる

団欒の時ははるかに遠くなりサンマ一匹食卓にいる

雑然たる部屋の片隅秋のある一人暮らしにコスモスの花

着古せし遺品整理しバザーに出す逝きしわが妻また遠くなる

夜三時妻の呼ぶ声目を覚まし振り向き見れば猫と寝ている

水枯れて仏壇の花頭《こうべ》たれ妻の位牌がお茶を所望す

妻の植えし水仙の花盛りなり語り合おうと仏壇に活け

もう少し片づけてみたらと妻の声今も聞こえる三年経《た》てど

心電図停止

病床で肩凝ると言い指圧求めあなたがいいと妻は指さす

医師の指す心電図の波は弱弱とやがて消えゆく妻の生涯

心電図やがて静かに停止して八十年の鼓動終わりぬ

息絶えて一時間後に息子着きその姿見て死亡宣告

彼岸とは遠くにあらずこの岸の向こうに妻の呼ぶ声を聞く

主人とは絶対言わざりし亡き妻は私は家来ではないが口癖

位牌には久照大姉の文字あれどやはりあなたは斎藤久江

病院の長き廊下のその先の外科病棟に妻は逝きたり

近所では総婦長さんとわれの妻その旦那さんと呼ばれし俺は

亡妻の姉妹もその連れ合いも逝きて我のみ残されて今

あの世の郵便受け

母として三人息子育てたる「しっかりしてよ」は吾への叱責

自らをいのしし年と嘯《うそぶ》きて仕事と母と主婦五十年

逝きてなお「総婦長さん」と呼ばれたり妻の足跡確かなるかも

厳として総婦長室にいる人は吾に厳しく他人にやさしく

在りし日の妻のことなど愚痴こぼし寡夫たる人の饒舌の夜

時たまに家事を手伝う吾に言う「毎日やってる身のもなってよ」

あの世にも郵便受けがあるといい元気でいるよ寂しいけれど

在りし日の妻

家事はただ妻の仕事と決めていた男のわがまま今仇となる

妻はなく雑煮は去年と同じ味鶏のスープに小松菜の青

朴訥《ぼくとつ》に生きし妻への告別に会葬御礼十五行に告ぐ

自転車の前と後ろに幼子を冬の風切る妻は母たり

保育園送り迎えの我が妻は中古の軽の車を買えり

もう二年夢にも出て来ぬ妻なれど写真は語る「部屋片づけよ」

三十八度猛暑に立てる妻の墓手桶二杯の水を飲み乾せ

妻と暮らしし五十四年は短くて偲ぶ四年の長き日々かも

妻の口癖

悔やみても還り来ぬ妻想いつつ一人暮らしもそれなりの夏

正札のついたままなるセーターにケチと言われた妻想い出す

馬鈴薯を植えましたよと報告す実のなるころに妻は逝きたり

汚れたる下着は毎日替えてよと口癖の妻はもう居ないのだ

六度目の一人正月変わりなく雑煮の香り写真の妻と

友を送る

山歩きカラオケ短歌とサークルの花を咲かせた年金者組合の友

パソコンを駆使して引きだす三十年記録の中に亡き人多し

大久保さんあなたの歌も載せました三十年史でまた蘇る

シベリアの抑留生活に耐えて今平和を願う百歳の春

花を愛で人を愛する百歳の中島さんは今日も歌会に

妻逝きて一週間で君も去る足跡たどり偲ぶこの日に

これからはゆっくり過ごせと告げたのに妻の後追い還らぬ人に

理論好き話し上手の君なれど残す言葉を聞くすべもなく

また一人友を見送る通夜の帰途満月照らせ道に迷うな

弔辞読む想いよ届け亡き人に君はわれらの水先案内

年金の改善求む隊列のその先頭に君の姿あり

イケメンの猫

あてもなく部屋をぐるぐるさまよえる猫の脳症あわれを誘う

やせた背を静かに撫でてじいちゃんと猫の関係終わりを告げる

野良だったお前と付き合い十二年ベッドのわきにもういないのか

ライオンとお前は同じ仲間にて病に疲れウオウウと叫ぶ

イケメンの猫と言われて得意顔妹猫のりくを従え

元は野良十年経てば家族なり亡き妻の代わりに添い寝している

新しいかわいい猫がやってきた「めい」と言う名を背負って今宵

十字の花

道端の小さな花を振り向けばここにいるよとささやいている

三月の末ともなれば仏の座競いて畑を紫に染む

花見の宴若者たちの歓声を斜めに聞きて春終わらんとす

気が付けば四月というに雪が降り冬と春とが窓辺に並ぶ

刈れど刈れど根茎は絶えずどくだみの白き十字の花よいとおし

武甲は傷つきて

団扇祭りよくぞ言いたるこの暑さ鉦《かね》と太鼓で吹き飛ばし見よ

浴衣着る一夜の楽しみ夏祭り孫の姿は華やいでいる

台風はわが町避けて通り行け屋根吹き飛びて水は溢れる

白と黒ピンクのメダカ泳がせて蹲《つくばい》の中に秋を呼び寄す

晩秋に咲き遅れたるコスモスに立ち去りがたくそっと手を触る

金星と上弦の月山並みの肩にかかりて大寒の空

雑草は抜くべきものか迷いつつ可憐な命愛でつ春待つ

仏僧の妻の立てたる板切れに私がいます此処にいますと

雲が行くビルの谷間に東京の空が狭いとつぶやいている

ホームより眺める武甲は傷つきて繁栄支えしその山無惨

避難勧告

千曲川谷を削りて下り行く信濃の国の実り抱きて

バスの窓遠くの山は随《つ》いてくる近くの家は飛ばされてゆく

山間に田毎の月に映るごと民の営み「信濃の国」は

原爆に奪われし街広島は今また洪水家を追われる

屋久島の豪雨のニュースに胸傷み妻と訪いたりトビウオの海

決壊し泥水溢れるリンゴ畑今年の収穫皆無と老農夫

刻々と避難勧告避難指示怯《おび》えうろたえ足はまだ出ず

千曲川阿武隈川と入間川一夜にて泥の海と化したり

幼子は天を指さし叫んでる「お空は壊れてしまったのか」と

４Ｋのテレビ買い替え見る像は鮮やかなれど泥水の村

休耕田駐車場へと変わる景水田だったと気づく散歩で

放射能何年たったら消えるのか台風でさえ一週間なのに

見渡せば気候変動身の回り埼玉の地に蜜柑たわわに

雑草と一からげには言わないで
足腰の痛みに耐えて鍬振るう泥と格闘老いの楽しみ
温暖化時には良いことあるのかも我が家の蜜柑たわわに実る

伸び放題木犀柚子も二年越し隣家の塀に詫びて枝刈る

お早ようと挨拶している蕗《ふき》の薹《とう》庭の片隅春は足早や

雑草と一からげには言わないでわしにも名はあるかやつり草と

草むしるその傍らのアマガエル背丈十倍オリンピックに出よ

草取りは一時間ほどが限度なり麦わら帽子に揚羽止まりて

小松菜も一センチほど芽を伸ばし腰の痛みを忘れる一刻

啓蟄《けいちつ》をこの手に感じ草をとるみみず蛙も春を待ってる

入院と長引く雨に背丈ほど背伸びしている草と会話す

土耕《おこ》す鍬のその先蚯蚓《みみず》一匹お前の住処《すみか》壊してごめんね

京三条へ続く山道

日常をそのまま空に放り出しどこか知らないとこに行きたい

日本橋そこから旅は始まりぬ京三条に続く山道

他生の縁袖振り合う人の懐かしき中山道に萩の花咲く

板橋の古びた寺の片隅に遊女の墓のありて訪うかも

宿宿に本陣あれど幕政の厳しき掟今は草むら

焼き米坂越えて道野辺 調宮《つきのみや》狛犬二匹兎となりぬ

人も馬も道ゆきつかれ死ににけりひそかに立てる釈超空の碑

夕日あび久下の長土手歩みたり次郎直実敗れし地なり

権八も地蔵となりて旅見つむ追いはぎ出ずる久下の長土手

いつか見よう古き都のかがり火を四条の宿に灯るを待ちて

京三条橋の上にてガッツポーズよくぞここまで歩みたりけり

旅様々

有三の生まれし館訪いて路傍の石に明治を思う

退職の記念に旅す知床の羅臼の岳より国後《くなしり》を見る

寅さんと会いに出かける柴又は町並み変わらず草団子買う

夕凪の焼津の海にはるかなる伊豆の山並み遠く霞みて

ゴミの舞うローマの道は夕暮れて拾い集める職を奪うな

何か良きことのあれとトレビの泉に投げし百円玉は今は何処に

妙齢のガイドは語るわが国の誇りはショパン、コペルニクスと

その上《かみ》の鍋釜修理の鋳掛屋《いかけや》をシルクロードの町に見つける

かあちゃんのこと

病み癒えし友と訪ねる男鹿の里なまはげ可笑し厄を払いて

五月の海凪の彼方に風車数多それでも原発稼働すべきか

ひらめさばく板前の刃はさくさくとえんがわ嬉し男鹿の夕べは

仰ぎ見るぶなの林に風渡る鶴の湯白く病をいたわる

ぶな林水芭蕉の原過ぎゆきて秘かな出湯の宿を求めて

もう来ることもない山の宿妻との約束果たせずに発つ

勘助は山里奥に出湯見る傷いやす「鶴の湯」と名付けたり

妻亡くし、二人の旅は新幹線いつしか話題はかあちゃんのこと

日常を家に置き去りみちのくの宿に出合える同郷の人

なまはげの館の隅に団子売る夫は漁に出ていると笑み

蒲公英《たんぽぽ》の綿毛が風に逆らいて蟻が引いてるホームの隅で

双体道祖神

秩父路の秋はゆっくり流れゆく車窓の外に人影を見ず

秩父路の小さき宿の露天風呂湯気の向こうに崖崩れかけ

高崎を過ぎれば右に赤城山遠く谷川早や薄化粧

野の仏たどる道の辺菊かおる短い秋も終わりに近く

双体の道祖神あり苔むして往時の夫婦寄り添いて立つ

村境悪病入れじと道祖神村人の願い切なる石は
此処よりは三国峠と仰ぎ見る須川の宿に菊乱れ咲く

双葉大熊帰るすべなく

住む人の影もまばらな原発の被災地にただ猪《しし》の足跡

除染済む水田のめぐり黒々とトン袋積む浜通りの町

避難解除帰りし人はわずかなりゴーストタウン浪江の町は

阿武隈の低き山並み語らねど雑木林に原発の影

被災地の避難解除は名のみにて元の浪江に帰るすべなく

再稼働促進決議可決する埼玉県に原発無きゆえか

東電の経営陣は皆無罪「じいちゃん悔しい」仏前の妻

福島の空はどこまで青く澄み双葉大熊帰るすべなし

東電と国に二回殺された流浪の県民もう黙らない

バスの窓薄の原は果てしなく青田の夢はついに帰らず

避難解除帰宅困難線を引く被災者の暮らし線では引けず

ジュゴンも怒る

オスプレイ辺野古をノーと訴える知事を支える燃えるまなざし

落下物まだおびえたる子供らの上に飛び交う米軍のヘリ

沖縄をこんなに近く感じたり知事選勝利われのカンパも

オスプレイ我が物顔に飛んでいる我が家の上は許した覚えなし

民意などどこ吹く風か埋め立てに辺野古の海にジュゴンも怒る

県民の意思は真摯に受け止める埋め立てつづくそれが真摯か

二十万の命奪いしこの島の「沖縄を返せ」まだ終わらない

軟弱の海底地盤の声聞かず民の心を埋め立ててゆく

九条の碑

孫子らに戦せぬ世を残さんと署名呼びかけ駅頭に立つ

アフリカの地図を開きて見つけたりカナリア諸島に九条の碑建つ

戦争ノー九条変えるなこだまする風よ起れよ埼玉の地から

九条を変えるな掲げパレードの色とりどりの旗は街行く

十六歳グレタの叫びに道理あり地球は誰のためにあるのか

核兵器廃絶せよの願い込め平和行進暑き町ゆく

Ｆ３５百機も買いて何にする空と海とはわれらのものだ

はやぶさのカプセル帰還拍手する軍事利用にさせてはならじ

核兵器禁止の条約批准するコスタリカ国を地図に見つける
軍事費だけ予算増額なんのため敵地攻撃コロナさておき

年金裁判その1

五万円これで暮らせという国に抗う老いの年金裁判

新聞やめテレビも見ずになお足りぬこの先なにをやめろというか

社会保障年金守れと集い来し瞳輝くこの高齢者

貧困は縁なきものと思いきや老いも若きもいつか下流に

蟻の行列

道端で今年の花見いつにする友と語るも共謀罪か

百姓は農民だけではないという業《わざ》もて生きし民のあること

われをまだ必要として声かかる誇らし革新懇の代表委員に

三千万その一人だよ君たちは「そだね」と答える若者がいる

権力はなんでもありと思わせる諦めないぞ蟻の行列

北浦和オール埼玉一万余戦争ノーに夏の陽そそぐ

遠くなれど治安維持法今もなお傷つき語る犠牲者の声

裸の王様

一点の曇りもないと言い張るはテレビの前のおごる宰相

雲早く雨降り猛るその時に憲法変えよと安倍は嘯《うそぶ》く

国民の七割支持せぬ政権の裸の王様大手振らすな

長州のテロリスト達の後裔《こうえい》は岸信介と安倍晋三か

北風に桜の花は乱れ咲く偽造《ぎぞう》・捏造《ねつぞう》・隠蔽《いんぺい》の影

口癖か「その中において」安倍首相民の苦痛はその中に無し

質問にせせら笑うごと答弁す国民無視もここまで来たか

専制と私欲の宰相山県の百年のちに安倍に連なる

有朋《ありとも》の残しし明治の悪弊は自民政治になお生き続く

アベノマスクようやく届き透かし見る布地を通す安倍の思惑

あきれてはいけないない八千万枚アベノマスクがお蔵に眠る

誰のため証言拒否をするのかとその顔ゆがむ官僚佐川

官僚の知恵絞りたる抵抗は面従腹背と前川喜平氏

医療を良くする会

子を産みて育てることを生産性「産めよ増やせよ」甦させる気か

子供産む医師には女子は不向きなりと点数カットで官僚の子入れ

妻亡くし病苦に悩む人を知り「医療を良くする会」立ち上げる

改竄《かいざん》もモラルハザードも許さじと望月衣塑子記者の魂

令和という年号新たに決まりたり広辞苑には命令の令

平成は何があったか年表をめくれば災害格差拡大

貧困は自己責任と言い放つ政治の貧困だれが正すか

何事も民営企業が良いという医療も水もやがて空気も

窓口の二割負担の押し付けは二百万円医療遠のく

訴えを斜めに聞いて去る人にもきっと政治に意見あるはず

中村哲さんを悼む

聴診器持ち替え握るつるはしで命の水を民と掘りたり

アフガンの病と貧困目の前に医師中村は井戸を掘りたり

アフガンの民のためにと井戸を掘り医師中村は命捧げて

カイバルの峠の向こうのアフガンに命の水を掘る中村氏

アフガンの民と心を通わせる髭の笑顔に命輝く

テロ組織なぜ哲さんを殺すのか命の水はまだ半ばなり

この空はアフガンまでも続いてる無念残念井戸掘る人を

この国は冬ばかりではない

一片の雲無く空は晴れ渡る永田町には黒き雲立つ

地鳴りして揺れ動く震度４この国崩れる音がしている

笑点のネタは途絶える心配ない安倍内閣がまき散らしくれる

募集とは広く募るとどう違うあなたの辞書にも同じ意味でしょ

この国は冬ばかりではない芽が出てる野党共闘市民の声も

女性のみヒールの高さ規制するジェンダーの差残すこんなとこにも

ウィルスの見えない敵に怯えつつ安倍独裁の見える数々

民は従え

渋沢の官尊民卑の憂い今もなお国は第一民は従え

文庫本「山県有朋」読み返す元勲残しし軍国日本

黒川さんあなたは検事ご自身を賭博の罪で起訴してみたら

全体の奉仕者たるの公務員を官邸主導で口を封ぜり

すべて秘書それで免罪の宰相を起訴のできない検察の奥

平成を平等に成ると読みたるは愚かなりて格差拡大

ジニ係数何事かと辞書引けば貧困表す我らの事か

官僚の行政処分で幕を引く蜥蜴《とかげ》のしっぽまた生えてくる

安倍から菅へ

総務会開かぬ前にと三密でマスクを外し総裁決める

安倍政治引き継ぐという菅首相モリカケ蓋しコロナ手つかず

答弁に自分の言葉のない総理支持率急落自己責任か

五人以上止めてと言いしその人が八人会食またはしご食

政権を維持するための判断かＧｏＴｏ停止会食はあり

女など口を出すな

女など口を出すなとつい本音こんな愚かな首相いたのか

ボランティア聖火ランナーも辞退する女性蔑視の森発言に

金メダルどこ吹く風かこの国はジェンダーギャップ百二十一位

掛け声は女性活躍その実は低賃金の非正規雇用

宿題も完成せずに

足寒く心も冷えて一人寝のまどろみながら十一時を聞く

九粒の薬を飲みてさあ行くぞハンドル握り秩父嶺を見る

やがて来る終わりの時に残さんと言葉探して広辞苑ひく

お日さまを布団はいっぱい取り込みて今宵はよき夢見んと思えり

桜散り木々の笑える候となり傷むわが身に初夏の風吹く

宿題を完成せずに八十年提出するときは命終わるか

忘れるとは新しき知恵入るため負け惜しみ言えど財布何処に

楽しみは人と会うこと話すこと老いを嘆くな出歩いてみよ

恐れず歩め

躓《つまず》くな恐れず歩めこの道は八十路を超えてなお登り坂

今日会議忘れぬようにカレンダーに書きたることも忘れたる朝

髪を刈り十歳若くなったぞと鏡の前で一人頷く

若者にまだ負けないとエアロビに鏡に映る我がたこ踊り

補聴器に頼れる会話たどたどし君の悪口聞かずにも済む

低き段差気づかぬままに躓《つまず》きて老いとはこんな近くにあるか

気が付けば足腰萎えて老いを知る家事は追い来る妻亡き後に

クーラーの切り替え違え暖房に熱中症に運ばれし老婦

光なく水も出ぬ日の老いの身は神様どこに行ったかと問う

もう一人の私がそこに座ってる諦めないぞと正月の朝

閉じこもり為すこともなく目は移り本棚にあるまだ読まぬ本

入院と免許返納足遠く電車とバスで今日の会議に

年賀状三十枚に書き添えるこの年四月に卒寿となるを

糖尿病脳梗塞を克服す医療の進歩さあ九十歳

ステントなじめ

順番の知らせを待つ身もどかしき待合室に同じ顔いる

お大事に診察終えて声かけられそうか大事に日ごと歩めと

健康を過信したる身に罰くだる年の瀬独り病床に臥す

頸動脈の血管一つ詰まりたると医師の説明疎《うと》ましく聞く

病床でまだ明けぬかと二度三度時計の針の遅きこと知る

心臓にカテーテル刺し見つめれば血管細く鼓動している

MRIわが脳鮮やかに写しだす苦き思いの影は無きかと

検査結果細き血管このままでは脳梗塞は避けて通れず

日々進む医療の恩恵身に受けてステントなじめ早くわが身に

病院の窓から眺める屋根数多切妻寄棟みんな灰色

いつもなら見えないものが見えてきた信ずることを入院を機に

日に数度ベッドの傍ら看護師のマスクの奥に励ましの笑み

一週間点滴台を従えて邪魔なお前が私の命

一週間の入院終えて心萎《な》え元気を出せとわが身を叱る

わが船ドックに

この月は定期検診恐れつつ糖尿病と脳の診断

心電図波動を斜めに見据えつつ生きてる証の波の確かさ

一年間沈まず航海続けたる我が船ドックに横たわる朝

ヘモグロビン六・七にて推移する糖尿病よ留まれこのまま

一泊の検査入院なのになぜベッドの布団かくも重たき

九十年世の中見詰め真実を求めたわが目失う恐れ

血糖値五百に近くどれほどに危うき事か知らずにいた吾

若き医師血糖値高きを告げる口静かなれどもプロの誇りで

病室から見える

足早に患者の間を駆け巡る昔の妻の姿そこに見る

市役所と荒船山を結ぶ果て陽は足ばやに病室の秋

牛丼とうな重の影日に三度病院食に愚かなる夢

病状の日々に回復告げる医師信ずることの嬉しき事か

塩分は十分控えめ病院食塩梅《あんばい》という字スマホで確かめ

孫の名と同じ名前の看護師の何故か注射の痛み半分

一日の暮れるを空しく思えども二つの太陽望むすべなく

医療危機

医療費の二割負担は長生きをする者たちへの罰則ですか

ベッド数余っていると統廃合ほんとは医者が足りないのです

医師数は全国最下位わが県の医療崩壊日々に恐れる

この病院名指しで再編統廃合効率性で命図るか

医療対策休業補償に数兆円軍事予算の削減聞かず

オスプレイＦ３５買うを止め医療崩壊防げ政治家

原発は二酸化炭素出さないと福島のこと口を噤《つぐ》みて

コロナ

後手後手と厚労省の対策にコロナウイルスわが世の春と

全国の学校一律休校す子供のことより政治判断

五十余の座席寒々行きつけのコーヒー店の客は三人

なぜやらぬＰＣＲ検査は遅々として医療崩壊恐れるためか

コロナ対策保健所職員疲れ果つ亡き妻嘗て保健婦たりき

集会も会議もすべてキャンセルに私の主張は午後の散歩で

コロナ禍もようやく出口見えた頃アベノマスクは未だ届かない

十万円いつ来るのかと待ちわびる梅雨も近づく母子家庭には

集いやめオンライン学習テレワークコロナ相手にそれぞれの夏

コロナ禍は人間界の騒ぎです蛇も蛙も庭を縦横

コロナ禍をものともせずに大栄翔見事に咲いた埼玉の華

『ペスト』

難解の『ペスト』読み終えコロナ思う世の在り方と人の生き方

打つ手無くコロナ対策呟きは無策の大臣「神のみぞ知る」

ＧｏＴｏを全国一斉停止する支持率低下患者急増

入院を拒否すれば罰在宅で死するは罪か自己責任ですか

カレンダーの予定はすべてキャンセルに仕方がないとコーヒー淹れて

銀座にはコロナは住んでいないだろう議員バッジにホステス困惑

歌会も中止の判断止むをえず熊谷深谷も三百超える

高齢と糖尿病のわれ避けよひたすら自粛歌会にも出ず

変化なき日常厭うこの頃はコロナの故か怠惰の吾か

朝寝して雨戸開くを待つように二羽の紋白庭を縦横

年金裁判その2

家賃払い残った年金三万円裁判官の眉は動かず

夕七時スーパーの値下げ待ちわびる年金生活われもその一人

どう暮らす老いの叫びは年金の最低保障訴えるデモ

九条も二十五条も守ろうと日比谷の森に老いが輝く

腰を曲げ足を引きずり銀座デモ安倍には屈せず背筋伸ばして

いつの間に下流老人になり果てる年金減額預金僅かに

このままの年金暮らしは成り立たぬ大工のかみさん声を荒げて

三十年首相は十七人と変われども年金改善願い変わらず

支部長と県委員長十五年第二の青春悔ゆることなし

年金を下げ続けるを許さじと八十九歳証言に立つ

法廷で離婚しなければ良かったのかと声詰まらせる証言の人

年金の改善求め集い来る請われて八年委員長勤め

諦めるそれはまずいぞ若者よ君らの未来は君らで示せ

兜太逝く

生きること命の重さ語りたる日野原氏逝きぬ暑き夏の午後

イチローは国民栄誉賞辞退する「終わりたる時」その言やよし

泰道師逝きて九年読み直す般若心経心に沁みて

最高は容貌魁偉《ようぼうかいい》と兜太言う童顔のままこの世を去りて

兜太逝く水脈の果てなる南海の孤島に残しし墓碑と語れよ

我が町の誇りと思う兜太逝くアベを許さぬ揮毫残して

童顔の兜太のすがた今はなく残しし句をば紐解きて読む

優しさと鋭さ併せ持つ歌人河野裕子は愛を詠みつぐ

神保町三省堂の書架にある河野裕子の歌集見つけたり

変革の意思を叙情にリアリズム水野昌雄は熱く語れり

想いさまざま

江戸の町今再現す柳橋情けも恋もかける舞台に

もう会えない逢わせて欲しい前進座夢をにじませちひろ演ぜよ

生き死には常と思えど碁敵になお口惜しや吾のその石

その石は待ったと言えず口惜しやわが大石は死ににけるかも

見渡せばみな墓ばかり禅寺に明治も昭和も魂遊び居り

吉右衛門我が家の墓は傍らに赤穂浪士と何か縁ある

落語家も文豪も眠る谷中の地訪う人稀に明治は遠く

散歩で発見

散歩道住む人の無き荒れ庭にたわわに実る黄金の柚子

自動車で通り過ぎれば気づかぬを散歩で発見廃業の店

マイカーで通り過ぎ行くわが町を歩いて気づくあの店はなく

今日もまた通いなれたる喫茶店で斎藤毬子の歌を読みつぐ

いつまでも続けられるか老夫婦中山道の天ぷら屋閉ず

県庁前一軒残りし八百屋には今月閉店張り紙があり

カキフライ味に誘われ年に数度マスター既に古希を過ぎたり

ノンちゃん雲に乗る

邦子さんの訃報を聞いて目に浮かぶケラケラ笑い絵手紙を描く

癌に病む友は静かに懇願す頑張ってよと言わないでくれ

四十九日亡き人の事ほどほどにはずむ話題は洪水の事

ノンちゃんは障碍を持つ三十歳周りの会話で雲に乗っている

クレヨンを買ってもらったか母さんに字画確かな愛吉の便り

秩父には田代坂本名乗る人困民党の末裔なるか

凶作に五割の年貢過酷なり小作争議の昭和一桁

夏空に白球飛び交う甲子園公立高校秘かに応援

あっ雪だはしゃぐ子供の声も無く少子化社会ここに行きつく

竹とんぼそっと手に取り冬の空飛んでいけいけ子供の頃に

一年生中に挟んで帰り道前と後ろに六年生が

雑学楽し

春雪忌わが歌一位誇らしく焼津の宿は静かに暮れて

歌集読み「昭和史の論点」三時間雑学楽し老いを忘れる

犠牲者の多くはすでに世を去りてその尊厳を回復させよ

詐欺まがい勤労統計記事のある今朝の新聞寒々と読む

昭仁はついに靖国訪れざりき父裕仁の罪思いてか

実朝の嘆きは今も変わらずに民の嘆きを為政者は知れ

広告の一枚一枚探し読む主婦のわびしさたくましきかも

奥さんはいつ帰るかと詐欺電話還せるものなら騙されていい

普段よりきれいに見えます女性部のいつ習いしかこのフラダンス

空《くう》たるは現世の事か空蝉の色即是空釈迦に聞きたし

請求棄却

十一時待つこと二時間判決は請求棄却三分間で

判決は低き声にて聴き難く請求棄却静寂破る

判決は暮らしの困難認めつつしかしながらと請求棄却

貧困と生活苦難承知した現行制度では格差やむなし

原告の請求は棄却する年金引き下げ裁量権のうち

裁量権解釈広めた判決は年金生活苦しさ思わず

低すぎる女性の年金認めつつ救済策は触れぬ判決

憲法を暮らしに生かすと垂れ幕は四十年前の革新県政

年を越す

年末の第九の指揮は厳かに尾高忠明渋沢の縁

ばらばらになった家族がコロナ越えこの大晦日集う嬉しく

孫たちに教えてもらう紅白の歌手の名前や知らぬ世界を

わが畑の最後の白菜抱え来て四つに切りて今年始まる

凧揚げも羽根つきもない正月に子供の頃と違う景色が

子や孫にバトンタッチをする筈がまだ渡せない走り足りない

若き頃より四センチほど低くなり頭の容量変わりはなきか

ひ孫誕生

大寒の厳しい寒さその夕べ嬉しき知らせひ孫誕生

仏前の妻に報告曽祖父にあなたも一緒ひいばあさんに

スマホにて初めて会った曽孫の真っ赤な命幸多かれと

俺に似る私にそっくり子を囲み僕のことかと声をあげ泣く

初めての抱っこに泣かず驚かずこれが君との付き合いはじめ

歌の終わり

歌などは難しく考えることはない風が私を誘ってくれる
思うこと思う人には言えないで歌に託して頷いている

作品を開き心にしみる歌豊かさ寂しさほとんど年下

作品評私の歌が載っている厳しき指摘も暖かく読み

願望の歌集出版完成せばわが亡き後の香典返しに

跋

下村すみよ

斎藤健さんと初めて会ったのは半世紀ほど前のこと。私が熊谷市内の中学校に赴任したとき、斎藤さんは埼玉県教職員組合大里支部の書記長（のちに県の副委員長を歴任）としてリーダーシップを発揮しておられた。明るい笑顔と大きな声が印象に残っている。五年間活動を共にしたのち、私は高校に転勤し、住まいも深谷市へ移ったので没交渉となり四十年ほどの歳月が流れた。

再会したのは二〇一七年七月、「震災から六年、福島の旅」という一泊二日のバスツアーに参加した折のこと。汚染土の入ったフレコンバックが山と積まれている景を窓外に見ながらの旅であった。バスの中で感想を述べ合ったとき、斎藤さんが「トン袋には土地の人々の悲しみが詰まっている」と語ったことが忘れられない。胸を熱くすると同時に、斎藤さんが長く委員長を務めていた年金者組合埼玉県本部の機関紙等の短歌欄に作品が載っていたことを思い出したのである。早速私の所属する「短詩形文学」の宣伝誌を差し上げ購読を勧めたところ快諾してくださった。十月号から購読会員の欄に作品が登場、翌年一月号の「二十首詠コンクール」への応募を機に正会員となった。「短詩形文学」の「深谷歌会」にも唯一の男性メンバーとして参加、中学校の社会科教師だった斎藤さんならではの、地理・歴史・公民のまさしく社会の出来事全般に渡ってのよき解説、よき助言は歌の背景を理解する上で、また作歌に際しての大きな力となっている。

年金者組合熊谷支部の短歌サークルにおいてはまとめ役として力を

発揮して来られ、今回の歌集の作品の多くはそこで生み出されたものである。

作品を読むと「歌は人なり」ということを実感させられる。斎藤さんは弱きを励まし、連帯を促し、自ら先頭に立って行動する、根っからの組合活動家なのである。優しさと逞しさと確かな信条を持っていて決してひるまない。若いころ理想としてよく語った「革命的楽観性」という言葉を思う。斎藤さんにはそれが備わっていると。これは天性のものに負うところもあろうが、やはり行動の中で意識して身に着けてきたものに違いない。

作品の中に多く登場するのが亡き妻久江さんのこと。看護婦長として多くの人から慕われていたようである。

位牌には久照大姉の文字あれどやはりあなたは斎藤久江
厳として総婦長室にいる人は吾に厳しく他人に優しく

「久照大姉」という戒名から巡りを明るくしてくれる人柄であったことが偲ばれる。とは言えやはり固有名詞が愛おしいのである。「吾」すなわち夫である斎藤さんに厳しかったとは何だか楽しいではないか。久江さん亡きのちは料理にも精を出し、時には近くに住む共働きの子息夫妻に夕餉のひと品を届けたりもするという。料理の歌に独り暮らしの悲壮感はなく、まことに楽しそうで味わい深い。とにかく優しくて家族思い、お孫さんたちからよきじいちゃんとして慕われているのも嬉しいことである。

斎藤さんの歌は視点が鋭く、時にはユーモアを交えて明快である。

東電の経営陣は皆無罪「じいちゃん悔しい」仏前の妻
ベッド数余っていると統廃合ほんとは医者が足りないのです
奥さんはいつ帰るかと詐欺電話還せるものなら騙されてよい

歌集名の『宿題』は「将校の馬の餌にする草を刈れ非道の夏の宿題なりき」と「宿題も完成せずに八十年提出するとき命終わるか」の二首に拠るという。戦時下の人間の尊厳を踏みにじる非道の数々。例えば上からの絶対命令として課された草刈り作業。二度と繰り返したくない少年時代の体験である。

そして今、自らに課している宿題は、人間の尊厳の守られる世を目指して出来得る限りのことをすること。憲法九条を守る活動、原発再稼働に反対する活動、核兵器廃絶を求める活動、安保法制に反対する活動等々。全日本年金者組合で取り組んでいる年金裁判（年金引き下げ違憲訴訟）の原告としてたたかっているのもその一つである。

九条も二十五条も守ろうと日比谷の森に老いが輝く
年金を下げ続けるを許さじと八十九歳証言に立つ

周りの人からの信頼の厚い斎藤さんには次々と宿題が舞い込んで九十歳を過ぎても大忙しである。

われをまだ必要として声かかる誇らし革新懇代表委員に
糖尿病脳梗塞を克服す医療の進歩さあ九十歳

生涯活動家の斎藤健さんのこと、これからもその名の通り健やかに、よく生きてよくうたい、朗らかにわたし達の行く手を照らしてくれるに違いない。

あとがき

この歌集を世に送る時は九十歳を超えてます。自分のたどった足跡を振り返ってみるとあの時なぜ挑戦しなかったのか、なぜあんなことをやってしまったのかと思うことが多くありますが、「頑張ったではないか」「見捨てたものでもない」といった自分もいます。

あとがきを記すにあたってお断りしたいことがあります。歌とは直接かかわりのないことかもしれませんが私の歩んだ足跡を多少を書き残すことにしました。私の歌をご理解いただけるのに参考にしていただければと思っています。

子供時代は当時としては貧しいけれども恵まれていました。東京の下町でも上級学校に行けたのは半分以下でした。戦争が激しくなり、太平洋戦争の時代に入ると授業の中で軍事訓練が行われました。

私の人生を変えたのは昭和二十年四月十三日の空襲によって我が家を焼失し母の実家の埼玉に疎開したことです。熊谷中学校、熊谷高等学校へ徒歩で一時間くらいかけて通いました。終戦から戦後は空腹と貧困の中で過ごしました。

埼玉大学教育学部を修了。卒業後中学校の社会科教師として、学級担任として子供たちの生活指導、悩み相談、進路指導に精一杯とり組んできました。「教え子を再び戦場に送らない」の決意と待遇改善を求めて教職員組合の運動にも、組合員の一員、支部の役員、県本部の役員として懸命に取り組みました。そのころの思いを歌に残しておけばよかったと思いますが、当時はやるべきことが多すぎて思いがいたらなったのでしょう。

退職後は住宅生活協同組合、年金者組合、革新懇、医療を良くする会などの運動、政治革新の活動、それに現職時代は無芸でしたので趣味を広げ、特技を身に付けようといろいろ挑戦しました。ワープロの普及によって漢字が書けなくなった。それではというので漢字検定に挑戦し準一級まで進みました。一級は二度失敗して諦めましたが講師資格も取り、東京、群馬で講師も務めました。次に挑戦したのは陶芸です。入間郡の越生町まで通い、粘土をこね、素焼き、釉薬かけ、本焼き、予想しなかった作品ができた喜びはひとしおでした。家中に花瓶や皿がごろごろ、他人にも差し上げ、売れたものまであります。

生きがい大学で学んだことをもとに中山道を歩き通しました。旧道には昔の面影が残り、旅の途中では多くの人に触れ、学びました。生きがい大学をはじめ、公民館に招かれ「中山道の今昔」の話をしました。その経験と学んだ事ことを残したいと自分史を書き始めましたが未完成です。

歌集名を「宿題」としたのには二つの歌に拠ります。「夏の宿題」の中の「将校の馬の餌にする草を刈れ非道の夏の宿題なりき」もう一つは「宿題も完成せずに八十年提出するとき命終わるか」からです。一番目の「宿題」は戦争中、馬の餌にするための草を刈り、干草にして提出することでした。東京生まれの私は鎌を持ったこともなく、どうやって草を刈ればよいかも知りませんでした。将校の馬は宿題の草を踏みつけていました。幼き頃のやるせない戦争を厭う思いでした。二番目の「宿題」の歌は老境に入った今の私の日常です。自分は世の中に役割を果たせたか、振り返る日々の歌です。まだ頑張るぞという気概も衰えていないつもりです。

この歌集に収められた歌は、生い立ち、家族とりわけ亡き妻、それぞれの時代の仲間、私の周りの自然、ささやかな家庭菜園、そして世の移り変わり、時の政治、経済、社会に対する批判、抵抗、時には怒りも込められています。歳の割には生臭い歌もありますが、正直に主張し続けた私の抒情歌です。

年金者組合の短歌サークルでは足尾銅山を詠い続けた澤田貞治さんの指導を受けました。東日本大震災、原発被災地訪問バスの中で下村すみよさんに勧められ「短詩形文学」に入会、毎月十首投稿しています。同時に「深谷歌会」にも参加させてもらっています。男性はただ一人、年齢は最高で女性の皆さんから貴重な存在として認められています。

作歌の場は家では雑用とテレビの誘惑に負けてしまいますので主に

近くの喫茶店です。コーヒーを楽しみながら三首、五首、興が乗ると十首くらい作る時もあります。埼玉県歌人会、熊谷短歌会にも入会し、投稿しています。今まで文化連合会長賞、埼玉新聞社賞、奨励賞などを受賞しました。年金者組合、革新懇の機関紙にも投稿してきました。

この歌集作成にあたっては「短詩形文学」の下村すみよさんに歌の作り方、言葉の使い方、文法など助言・指導いただきました。

「短詩形文学」誌上では全国の会員の皆さんからご批判、ご指摘をいただきました。深谷歌会では下村すみよさんのほか斎藤毬子さん、吉澤とし子さん他、参加者の皆さんから時に厳しいご批判をいただきました。熊谷短歌会の金子貞雄さんには特別にお世話になりました。免許を返納した私の歌会参加に送迎をお願いした古川利子さん、三澤恵子さんにも御礼申し上げます。

編集発行にあたっては編集者の伊藤以高さん、元光陽メディアの金谷富蔵さん、パソコン指導の菅原正雄さんに特段お世話になりました。

体調の不調に加えて将来のなまけ癖が重なって発行が年を越えてしまいました。お詫び申し上げます。

表紙は先輩の関田毎吉《つねきち》さんの作品を使わせていただきました。

ささやかなこの歌集を亡き妻に、家族に、ともに歩んだ同志に捧げます。

二〇二二年五月一日

斎藤　健

斎藤　健（さいとう　けん）

1931年（昭和6年）東京都生まれ
太平洋戦争末期空襲で家を焼かれ埼玉県に疎開。

熊谷中学、熊谷高校、埼玉大学を終え教員生活四十年。

退職後、年金者組合埼玉県本部委員長を八年間、革新懇世話人、医療を良くする会代表世話人など地域の運動に参加。

「短詩形文学」、年金者組合熊谷支部短歌サークル、深谷歌会に所属。

文化連合会長賞、埼玉新聞社賞、埼玉歌人会奨励賞など受賞。

「宿　題」　**斎藤　健　歌集**

2022年5月1日

著　者　斎　藤　健
〒360-0023　埼玉県熊谷市佐谷田3392-2
電話.Fax　048-521-6328
発行者　明　石　康　徳
発行所　光　陽　出　版　社
〒162-0818　東京都新宿区築地町8番地
電話　03-3268-7899　Fax　03-3235-0710
印刷所　株式会社光陽メディア

ISBN 978-4-87662-633-5 C0092